魯奇歐與呼哩呼哩

第一次過聖誕節耶！

庄野菜穗子 · 著　　盧慧心 · 譯

魯奇歐和呼哩呼哩今天也餓著肚子。

「大哥～聽大莊園的貓說，有種叫做『貓罐』的東西，
罐頭裡面裝著上等的鮪魚，超好吃的噢。」

「鮪魚……『貓罐』……究竟是什麼味道啊……」
他們倆試著想像罐裝鮪魚的滋味。

但是，想像那種事情可沒辦法填飽肚子。

「呼哩呼哩，一起去找房東先生吧。
問問有沒有抓老鼠之類的工作。」

房東先生有時會給他們捕鼠的工作做。

「房東先生，日安。您需要我們幫忙抓老鼠嗎？」

「喔喔，原來是你們呀。
抱歉，今天不需要。但我會幫你們問問鄰居的。」

失望的魯奇歐和呼哩呼哩正想回家時，
有個閃閃發光的東西躍入他們的眼簾。

「房東先生，這棵亮晶晶的樹，是什麼啊？」
「為什麼掛了襪子啊？」
「這是聖誕樹喔。為了讓聖誕老公公把孩子們的禮物放在襪子裡，所以才掛上襪子囉。來吧，這是我送給你們的聖誕禮物。」

房東先生拿出裝著點心的兩隻襪子，送給他們。

回家的路上，他們趕快把點心拿出來吃。

「呼哩呼哩，其實我們也可以自己做一棵聖誕樹，
然後把這兩隻襪子掛上去。
說不定，我們也可以從那個叫做聖誕老公公的人手上拿到禮物噢。」
魯奇歐邊吃邊說。

「大哥～你好聰明喔！好，我們就來做聖誕樹吧！」

魯奇歐和呼哩呼哩來到附近的海邊，
開始找尋製作聖誕樹的材料。

「大哥，找不到跟房東先生那邊一樣的樹耶。」
「其實，松樹看起來也一樣嘛。來吧！用這根樹枝就行了。」

接下來，他們倆到了沙灘上。

「呼哩呼哩，好好收集漂亮的貝殼跟海玻璃！拿它們來裝飾聖誕樹吧。」

「包在我身上！」

魯奇歐跟呼哩呼哩在廣闊的海灘上來來回回地找著，

收集了好多貝殼跟海玻璃。

回到家，他們一刻也沒休息，
馬上開始佈置聖誕樹。
熱衷過頭地裝飾聖誕樹，
幾乎連掌心的肉球也要出汗了。
「成功了！」
「超棒的！」

裝飾完畢的松樹樹枝上，
雖然沒有閃亮的金色星星跟燈球，
但對他們來說，看起來真是太棒了。
「聖誕老公公，拜託，送我們『貓罐』吧！」
明天就是聖誕夜了。

咚咚咚咚、咚咚咚咚！
隔天早晨，有個男孩子來了。

「我媽媽說，倉庫裡的老鼠，
就拜託你們去收拾了。」

終於有工作上門啦！
魯奇歐和呼哩呼哩都很高興，
「好的好的，我們馬上就去！」
當他們這麼回應時……

「這是什麼啊？」
男孩看著玄關的樹問。
「還會是什麼呢？當然是聖誕樹囉。」
「這麼奇怪的樹，才不是聖誕樹呢！」
丟下這句話，男孩就走了。

曾經那麼帥氣的一棵樹，
現在看來卻有點垂頭喪氣。

「……大哥～我們可能拿不到『貓罐』了。
這棵樹畢竟不是聖誕樹啊。」
「這、這種事！誰知道啊！」

魯奇歐雖然這麼說，
卻還是把樹拖到外頭去了。

這天午後，
抓老鼠的工作非常辛苦。
日落時分，
他們倆才筋疲力盡地拖著腳步回家。

「大哥，我們抓了好多老鼠喔。」
「嗯，酬勞也拿了不少。
明天就吃油炸老鼠天婦羅來慶祝吧。」

這個晚上，他們倆，
一下子就睡熟了。
——所以，即使深夜裡
清澈的鈴聲叮叮噹噹地從天上傳來，
即使門外的小樹沙沙作響，
他們也完全沒聽見吧。

天亮了。
早起的呼哩呼哩打開大門以後……

「大哥！聖、聖誕老公公他……
『貓罐』也來了！」

掛在樹上的襪子變得漲鼓鼓的，
裝滿了閃閃發亮的罐頭！

「咦？」
拿出罐頭仔細一看，魯奇歐說：
「這個……是鰹魚的『貓罐』嘛！」
「欸？不是鮪魚的嗎？」
「…………」

「大哥，鰹魚好好吃喔。」
「呼哩呼哩，你啊，什麼都好吃對吧！」
「哎喔，不要這麼說嘛！」

無論如何，這是個開心的聖誕節！來吧！乾杯！

「聖誕快樂！」

Witty Cats 4

 魯奇歐與呼哩呼哩——第一次過聖誕節耶！

ルッキオとフリフリ はじめてのクリスマス

作者 庄野菜穗子 しょうのなおこ｜**譯者** 盧慧心｜**副主編** 劉珈盈｜**特約編輯** 陳盈華｜**協力編輯** 黃嬿羽｜**美術設計** 張闓涵｜**執行企劃** 黃筱涵｜**發行人** 趙政岷｜**出版者** 時報文化出版企業股份有限公司　10803 台北市和平西路三段 240 號 3 樓　**發行專線**—(02)2306-6842　**讀者服務專線**—0800-231-705・(02)2304-7103　**讀者服務傳真**—(02)2304-6858　**郵撥**—19344724 時報文化出版公司信箱**—台北郵政 79-99 信箱　**時報悅讀網**—http://www.readingtimes.com.tw｜**法律顧問** 理律法律事務所　陳長文律師、李念祖律師｜**印刷** 勁達印刷有限公司｜**初版一刷** 2018 年 11 月 30 日｜**定價** 新台幣 320 元｜**版權所有　翻印必究**—時報文化出版公司成立於 1975 年，並於 1999 年股票上櫃公開發行，於 2008 年脫離中時集團非屬旺中，以「尊重智慧與創意的文化事業」為信念（缺頁或破損書，請寄回更換）。

ISBN 978-957-13-7621-9（精裝）

《RUKKIO TO FURIFURI HAJIMETE NO KURISUMASU》
© NAOKO SHONO 2014
All rights reserved.
Original Japanese edition published by KODANSHA LTD.
Traditional Chinese publishing rights arranged with KODANSHA LTD.
through Future View Technology Ltd.

本書由日本講談社正式授權，版權所有，未經日本講談社書面同意，不得以任何方式作全面或局部翻印、仿製或轉載。